Susanne Larssen
Hundeg`schichten
Erlebnisse mit meinen vierbeinigen Freunden...

Susanne Larssen

Hundeg`schichten

Erlebnisse mit meinen vierbeinigen Freunden...

Bibliografische Information der Deutschen Nationalbibliothek:
Die Deutsche Nationalbibliothek verzeichnet diese Publikation
in der Deutschen Nationalbibliografie; detaillierte bibliografische
Daten sind im Internet über www.dnb.de abrufbar.

Herstellung und Verlag:
BoD - Books on Demand, Norderstedt

ISBN 978-3-7526-6859-9

Inhaltsverzeichnis

Strandtage

Irgendein Tag im Juli...

Ein herrlicher Strandtag wird heute, und ich genieße es, den ganzen Tag noch vor mir zu haben, denn wir - meine Hündin Aylée und ich - sind schon um sieben Uhr am leeren Strand. Naja, ganz leer ist er nicht. Eine Dame mit zwei großen Hunden geht spazieren und wirft den Ball für ihren schwarzen Junghundespund immer und immer wieder unermüdlich ins Wasser. Wir unterhalten uns lange, und ihre Meinung über viele Strandtouristen ist mehr als geteilt. Da sind die, die nur Party machen wollen, nur feiern und lautstark ihre Aggressionen ablassen. Manchmal sei es so, meint sie, als kämen sie nur deshalb hierher: um sich auszutoben, um das loszulassen, was sich im ganzen Jahr an Druck aufgebaut hat. Vielleicht ist es so. Glasscherben im Sand sind die Überbleibsel. Nicht nur unschön, sondern auch gefährlich! Da fällt mir nix mehr zu ein... Ich verstehe ihren Unmut.

Nackt und fröhlich stehe ich am vermeintlichen FKK-Strand neben ihr, die ihren Hunden den Ball wirft - weit in die See hinaus. Ach, und da ist ja auch noch der FKK-Hundestrand, meint sie. Gerade einmal 100 x 100 Meter sind für Leute reserviert, die mit ihren vierbeinigen Lieblingen nacket Sonne und Meerfeeling genießen wollen... „Oh..." sage ich „Ich stehe wohl gerade am Textilstrand...?". Nicken auf ihrer Seite. Aber sie ist mir nicht böse, hat kein Problem damit, dass ich Naturistin bin. Ihre Aussage war nett gemeint. „Dort hinten..." sagt sie und verweist mit ihrem Finger auf einen anderen

Strandabschnitt, „ist der Strand nicht so voller Steine wie hier. Die haben sie schon entfernt, die Nackedeis.". Für sie ist Nacktsein glücklicherweise ganz natürlich; das merke ich an der Art, wie sie mit mir Unbekleideten umgeht: ganz entspannt, ganz locker - alles easy! Als sie weg ist, gehe ich tatsächlich mit meinem kleinen Hüpfer - wie ich meine Hündin manchmal nenne, weil sie auf ihren drei Beinen immer hüpft und flitzt - an den FKK-Strand. Jetzt bin ich da, wo ich nach Beurteilung der Gemeinde hingehöre: auf 100 x 100 Meter - nackt mit Hund.

Die Sonne scheint, steigt höher, es wird wärmer. Als ich kam, hatte ich Gummistiefel an, denn der Sand war noch kalt, zu kühl für meine Füße - wie ich fand. Die Gummistiefel mitzunehmen war ein Tipp von einer Freundin, die mir sagte: „Gummistiefel sind deine Rettung bei Regenwetter...". Nun, Regen hatten wir nicht. Aber egal... An den Strand bei 20°C hat sie sicher nicht gedacht, als sie mir diesen Tipp gab...

Blaue Gummistiefel; braunes, knielanges Leinenkleid; meinen Rucksack auf dem Rücken mit Handtuch, Wertsachen, Essen und Wasser. Den Hut auf dem Kopf, die Isomatte in der Hand und den Hund an der Leine - so schlurften wir am Morgen zum Strand: ich vorneweg und Aylée - noch müde - hinter mir her...

Nackt in der Sonne liegen, den Wind auf der Haut spüren, keine Kleider... Letzteres ist toll! Man sieht das weite Meer vor sich, steht mit den Füßen im Wasser und ist, wie man eben ist: man selbst! Keine Autos, keine Krawatten, keine Kostüme, keine Statussymbole...

Ich sehne mich nach Ruhe! Will nur im Sand liegen und den Wind spüren... Ein Vormittag kostbare Strandzeit, weil es ab morgen regnen soll...

Tag 2

Sturm! Nix Sonne, nix Am-Strand-Liegen, sondern lange Hose, Gummistiefel, Pullover und: Mütze! Aylée bekommt ihr Mäntelchen an, das Regen abhält und wattiert ist und deshalb warm hält. Trotz allem zittert sie. Ich stemme mich gegen den Wind, der meinen kleinen Hund fortweht..., und nur die Leine am Brustgeschirr hindert mein kleines Schätzchen am Davonfliegen! „Das muss doch schon Orkanstärke sein!!" denke ich belustigt. „Wenn kleine Hunde fliegen, ist nichts mehr normal!". Ich bin tapfer: gehe an den Hundestrand! Meine aufgerollte Isomatte fliegt mir fast davon; muss sie ganz fest unter meinen Arm an den Körper pressen... Schnell draufsetzen, fertig! Aylée in meinem Windschatten... Ich vor einer Mauer, die nicht wirklich hilft, weil der Wind aus Westen kommt und sie im Osten steht.

Ich schaue auf die Wellen. Stürmisch brausen sie an den Strand... Es sieht aus, als wollten sie die Erde für sich erobern, mit jedem neuen Wellenschlag, aufgeschäumt und unruhig, aufbegehrend... Der Wind ist ihr Begleiter. Der Strand, der gestern noch von Fußstapfen hügelig gezeichnet war, ist glatt geweht. Weißer, glatter Sand - und auch MEINE Spuren sind nicht lange zu sehen. „Wüste" fällt mir ein, doch das Meer macht, dass dieser Gedanke nicht zu halten ist...

Ich schließe meine Augen, denn der Sand macht auch vor ihnen nicht Halt. Es weht ohne Gnade... Plötzlich erscheint mir - mit geschlossenen Augen - das brausende Meer tosend, mächtig tosend. Es ist *noch* lauter, es ist wie ein Schreien der Wellen...

Aylée kuschelt sich enger an mich. Ich nehme sie auf meinen Schoß und schmiege meine Arme mit dem dicken Fleece-Pullover kuschelnd um sie. Meinen Kopf lege ich leicht auf ihren, ganz leicht. Die Augen geschlossen - merke ich, wie wir gewiegt werden...! *Ich* bin es *nicht*, ich bewege mich nicht... Der Sturm wiegt uns, unrhythmisch, brausend, als Naturkraft unbändig!

Wieso sitze ich am Strand...? Ich will mich EINS fühlen mit der Natur, will verstehen, wer ich bin. Kann ich das an solch` einem Ort ?? Ich begreife, dass ich klein bin im Angesicht dieser Naturgewalten...! Weit entfernt versuchen Kitesurfer, die Wellen zu bezwingen, ihre Kraft zu nutzen. Sie wirken wie Marionetten - dem Meer ausgeliefert und doch nicht.

Eine Welle vernichtet meine Spur im Sand, und ich denke darüber nach, dass es wohl unwichtig ist, wie GUT oder SCHLECHT man ist... Vielleicht werden alle guten und schlechten Taten wie mein Fußabdruck weggewischt; vielleicht sind sie vergänglicher, als ich dachte...

Nur EINES ist wichtig, meine ich in diesem Moment zu wissen: zu ATMEN und zu SEIN!

Tag 3

Kein Strandtag, nicht wirklich. Regen in der Nacht und Sturmböen - das Ergebnis der Unwetterprognose. Zum Glück schüttet es tagsüber nicht, kein einziger Tropfen fällt vom Himmel! So ganz ohne Meer will ich nicht sein. Mir fehlt gleich etwas, wenn ich es nicht sehen oder spüren kann...

Beim abendlichen Spaziergang: Aylée, die ich heute ins selbstgestrickte „Wolljäckchen" und zusätzlich noch in ein Windcape gesteckt habe - alles in ihrer Hundegröße - saust fröhlich ohne Geschirr und Leine durch die Gegend. Meine kleine Hündin ist zwar alt und ihre Kraft ist begrenzt, aber sie fühlt sich wohl an der See; man kann es sehen! Als ich an den Hundestrandübergang auf den Dünen komme und einbiege, läuft sie langsamer. „Wasser, nicht schon wieder Wasser!" - das wird sie wohl denken. Aber sie braucht heute nichts zu befürchten: kein Baden im Wasser, kein Schwimmen in der See. Sie liebt es nicht besonders, nur manchmal findet sie den Weg ins kühle Nass.

Ich atme auf, als ich die Wellen sehe, die heute nicht ganz so tosen. Der Sturm der letzten Nacht hat ein Boot an den Strand geweht, an den 100 x 100 Meter FKK-Strand. Da haben wir den Salat! Nun ist da noch weniger Platz...

Eigentlich können wir uns aber über PLATZ im Moment nicht beschweren: kein Mensch da. Der Strand ist leer. Wellen, Gedanken, aber vor allem: ein glücklicher Hund, der verstanden hat, dass es heute NICHT ins Wasser geht...

Am Abend...

Ich schaue auf den beleuchteten Yachthafen von DEM Platz aus, auf dem ich mit meinem Auto Unterkunft gesucht habe. Eine Nacht mehr in meinem kleinen Auto, das ein Mini-Wohnmobil geworden ist und eigentlich nicht dafür gebaut wurde. Ich genieße jede Minute in ihm! In den weiten Sternenhimmel schauend liege ich auf meiner Matratze, auf der ich lieblich und - hier an der Ostsee - wie ein Stein schlafe, denn: nichts macht *so* müde wie Seeluft, Sonne und Meer, auch, wenn wir NUR die Seeluft am heutigen Tage hatten, und das mehr als genug..!

Tag 4

Wir machen das Beste aus diesem Wetter, das Wasser vom Himmel fallen lässt...

Meine Laune sinkt. Besorgungen machen und natürlich wieder „Deichtreffen" mit uns schon bekannten Hunden und ihren dazugehörigen netten Menschen. Aylée tobt und spielt. Ich kann mich irgendwie nicht wirklich für diesen Tag begeistern. Doch sie hat ihre Hundefreunde getroffen; da wird keine Trübsal geblasen; nicht bei ihr! Bei mir herrscht Lustlosigkeit. Das Wetter macht mir zu schaffen: Regen, Sturm... Soll das so weitergehen...? Nein! Es klart auf! Ich jubele innerlich!! Es hat sich also gelohnt, zu bleiben, obwohl mich schon Abreisegedanken wegen des verregneten und stürmischen Wetters plagten, aber irgendwie werde ich das Gefühl nicht los, dass noch Wunderbares auf uns wartet...

Als wir am Abend unseren „Lagerplatz" aufsuchen und Aylée nach einem ansonsten recht unspektakulären Tag schon längst in ihrem warmen Kuschel-bett im Auto tief und fest schläft, da bietet sich mir ein ganz besonderer Anblick: der Mond steht voll und rund, hell und strahlend am sich verdunkelnden Himmel, wirft seinen silbrigen Glanz auf die sanften Wellen des Meeres, während der Yachthafen mit seinen Booten in einer ruhigen Eintönigkeit EINS wird mit dem Augenblick und der „Unendlichkeit" des Mondes...

Tag 5

Bin 5.45 Uhr aufgewacht. Habe ausgeschlafen. Es wird immer früher, dass ich erwache. Morgendlicher Spaziergang zwischen Düne und Deich mit einem müden Hund, der aber bei der Begegnung mit Artgenossen gleich wacher wird. Beschnuppern, Schwänzchen wedeln... Wir Menschen „beschnuppern" uns auch. Da kommt ein Mann mit einem West-Highland-White-Terrier. Beide kenne ich schon vom FKK-Strand. Er stammt aus der Nähe von Halle, und jeden Sommer verbringen sie - er, seine Frau und der Hund - auf einem Campingplatz ganz in der Nähe. Fast sechs Monate lang sind sie dann an der See. Wir gehen alle zusammen an den Strand. Die Hunde spielen im Sand; flitzen am Meer entlang. Und während wir erzählen, hebt er Flaschen am Strand auf, die Jugendliche am Abend zuvor beim Feiern wohl liegengelassen haben. Er meint, dass er so seine Brötchen umsonst bekommt - das Geld vom Strand sozusagen aufgelesen... Als er mir zeigt, was er alles schon in seinem

Beutel hat und mir das Pfand vorrechnet, bin ich erstaunt! Über 1,50 Euro hat er sich bereits dazuverdient - und das nebenher beim Spazierengehen. Vielleicht sollte ich das auch mal machen...?

Ich fahre in den Ort. Es ist immer noch sehr früh, alles ist ruhig. Die Strände und Straßen sind menschenleer. Aylée bleibt im Auto, denn ich gehe zum Duschen in ein Schwimmbad. Da kann sie nicht mit. Ich bezahle 2,50 Euro; eine halbe Stunde habe ich nun Zeit. Nur eine einzige Frau, die ihre Zähne unter der Dusche putzt und Kleidung aus einer Plastik-Einkaufstüte herausnimmt und wäscht, ist im Duschraum. „Wo kommen Sie her?" fragt sie mich. „Aus dem Spessart." antworte ich wahrheitsgetreu. „Da, wo das Wirtshaus im Spessart steht?". „Ja, und da, wo Schneewittchen bei den sieben Zwergen gewohnt hat!" sage ich noch dazu Sie schaut mich groß an, so, als würde ich sie veralbern. Tu ich aber nicht, ist wahr!

„Gibt es im Spessart denn keine Schwimmbäder, oder warum duschen Sie hier an der Ostsee?" fragt sie mich. Ihre Frage erklärt umgehend, was ich vorher schon vermutete: geistig scheint sie verwirrt zu sein...

Später - beim Verlassen des Bades - sehe ich sie in Lumpen gekleidet, mit einer Mütze auf dem Kopf, zwei Plastik-Einkaufstüten in der Hand und in einer Restmülltonne suchend, was sie gebrauchen kann. Nackt sind eben alle Menschen gleich. Man sieht ihnen NICHT an, WAS sie sind, WER sie sind. In Gedanken bete ich für sie: ich wünsche ihr Glück!

Der Tag verspricht Sonne satt, Wärme, aber keine Hitze. Endlich: Ostseewasser zum Baden! Habe ich umsonst geduscht? Nein, meine Haare mussten dringend gewaschen werden; da fühlt man sich doch gleich wie ein neuer Mensch...

Aylée nimmt unfreiwillig ein Meerwasserbad in den ersten Wellen am Strand; ich genieße die Zeit auf meiner Isomatte in der Sonne; die Gästekarte im Rucksack. Pünktlich gegen Mittag - als sich der Strand zu füllen beginnt - kommt der Kontrolleur. Aylée hat ihn zuerst bemerkt. Wie sie das nur macht? Sie kann NICHTS mehr hören und nur noch sehr schlecht sehen... Ich gebe ihm meine Karte. „Vorbildlich!" brummt er zufrieden und schlurft sogleich weiter zu meinen Nachbarn. Mit seinem bunten Hawai-Hemd á la Jürgen von der Lippe und knielangen Jeans meint er, nicht als Kontrolleur erkannt zu werden. Hätte er fast geschafft, aber eben nur fast. Aylée hat ihn durchschaut...

Obwohl Aylée keine begeisterte Badenixe oder gar Schwimmerin ist, KANN sie schwimmen und ich bin der Meinung: ein bisschen Abkühlung kann auch ihr nur gut tun. Unter unserem als Sonnenschirm umfunktionierten, großen Regenschirm hat sie zwar ein schattiges Plätzchen, das sie gerne nutzt, aber es ist doch recht warm geworden. Ich trage sie ins Wasser, tauche vorsichtig die Pfötchen hinein, und es setzt ein Reflex ein, der so niedlich aussieht, dass alle Leute am Strand lachen, die uns zuschauen: sie paddelt, sie paddelt um ihr Leben, obwohl sie noch nicht einmal im Wasser ist. Als ich sie tiefer halte und loslasse, schwimmt sie eifrig zum Ufer, schüttelt sich und rast - wie ein junger verrückter Hund - durch den Sand, wälzt sich und sieht am Ende aus wie ein paniertes Schnitzel!

Nachdem sie getrocknet ist, machen wir uns auf den Weg zum Auto und suchen ein Mittagessen. Es war ein schöner „Strandtag" heute für uns...

Später klingt unser Tag aus beim Bürsten und Kuscheln mit Aylée. Sie mag sie sehr, diese abendliche Pflegezeremonie, und ich freue mich, denn während ich ihr Bäuchlein sanft kraule, stelle ich in Gedanken plötzlich fest, dass die wenigen Tage am Meer mich zu einem glücklichen Menschen gemacht haben...!

Tag 6

Ich lasse mich hängen, denn Aylée hängt in den Seilen und alles hängt davon ab, wie ich mich entscheide... Ihre Zähne schmerzen; müssten gemacht werden, gezogen! Doch sie ist sehr alt, ihr Herz ist schwach. Das ist ein hohes Risiko, dem ich sie bisher nicht aussetzen wollte und konnte. Und nun: akute Beschwerden auf unserer Reise! Sie kann fast nichts mehr fressen; es muss also schlimm sein!

Ich komme nicht wirklich in die Gänge; liege im Auto und weine. Werde ich sie verlieren? Langsam streichle ich achtsam über das schwarze Fell. Sie atmet. Wie schön das ist, ihre Bewegung zu spüren... Bei der Vorstellung, sie nicht mehr neben mir liegen zu haben, sie nicht mehr anfassen, streicheln und spüren zu können, verschwimmt die Welt in meinen Augen und ich ersticke in Tränen...

Sie hat Zahnweh. Doch ob sie die Narkose überlebt, ist ungewiss! Möge mir doch ein Zeichen gegeben werden, bitte!! Spät am Nachmittag setze ich mich mit Aylée auf eine Bank - oben auf dem Deich. Viele Menschen mit ihren Hunden lasse ich vorüberziehen - in Gedanken versunken.

Da ist plötzlich die Regung: wir gehen zum Strand! Und auf dem Weg dorthin begegnen wir zwei Frauen mit zwei Hunden. Wir kommen ins Gespräch. Die eine Dame ist Tierärztin. Sie sieht meinen Kummer und erzählt von einer alten Hundedame, die auch Herzprobleme hatte und der sie die faulen Zähne gezogen hat. Sie überstand die Operation gut, und danach war sie ein anderer Hund: aufgeweckt und voller Lebensfreude! Eben OHNE Schmerzen!
Ist DAS ein Zeichen??!! Mir scheint es so! Morgen schaue ich HIER nach einem Tierarzt! Wenn Aylées Zeit gekommen ist, dann kann ich es nicht aufhalten. Ist sie aber noch nicht gekommen, dann darf ich mich freuen, dass es ihr bald besser geht! Ich bete: möge sie bei mir bleiben!

Tag 7

Es ist 6.00 Uhr. Ich gehe zum Hundestrand. Dort - so weiß ich - finde ich die Dame vom ersten Tag, die ihren Hunden den Ball ins Wasser wirft, damit sie sich austoben können. Ich will sie fragen, will nicht in ein Telefonbuch sehen und einen Tierarzt wählen. Ich will einen Tipp!
Sie hilft mir umgehend weiter. Da gibt es eine Tierärztin ein paar Kilometer von hier: die ist wirklich gut! Wenn mir jemand helfen wird, dann SIE!

Ich rufe an, fahre hin. Wir kommen in ein kleines Dörfchen, ein hübsches Haus mit einem großen Garten finde ich unter der angegebenen Adresse - Idylle pur... Gerade auf dem Grundstück angekommen, macht Aylée sich umgehend auf den Weg zu einer Eingangstüre im Kellerbereich. Zielstrebig hoppelt sie die Stufen hinunter, und die Tierärztin holt sie wieder zurück. Wie sich später herausstellt, ist diese Tür der Eingang zur Praxis! „Ob Aylée das wusste??" wundere ich mich. Anamnese auf zwei Gartenstühlen. Tief in meinem Herzen weiß ich genau, dass wir HIER richtig sind.

Als ich die Kleine im Praxisraum in den Armen halte und sie in Narkose gelegt wird, bete ich unentwegt! Nun ist es an der Zeit für mich, zu gehen. Ich lenke mich ab: suche warmes Essen. Ich habe Hunger, und wie! Habe ich noch gar nicht bemerkt bisher. Jetzt, wo die Anspannung ein klein wenig von mir abfällt, knurrt mein Magen.
In einer Metzgerei gibt es leckeren Mittagstisch. Die Dame ist nett, aber nicht sehr gesprächig. Und als ich ihr erzähle, dass ich gerne ein wenig im Auto an meinem (akkufreien) Notebook meine Fotos bearbeiten würde, um mich abzulenken von der Operation und meiner Angst, da legt sie - ohne Worte - einfach eine Kabeltrommel zu meinem Auto. So habe ich die Menschen im Norden oft erlebt - wenige Worte, aber das Herz am rechten Fleck!

Einige Stunden später: der Anruf der Tierärztin lässt mich aufatmen. Ich kann meinen kleinen Hopseflitz bald abholen. Aylée ist gut versorgt; ich bekomme Schmerzmittel und ein Antibiotikum mit und die Auflage, Aylée in zwei Tagen zur Nachuntersuchung vorzustellen. Und: wir haben Strand- also SANDverbot! Wenn *der* in die Wunden käme, wäre das gar nicht gut. Nun, bei DEM Wetter nicht schwer umzusetzen; bei Regen und Sturm will eh keiner an den Strand.

Aylée erholt sich liegend neben mir; ich gehe nur mal kurz auf die Toilette am Deich, wobei ich *mit* der Türe fliege, als ich sie öffne, und sie beim Herausgehen kaum noch aufbekomme: wieder Orkanstärke!

Wir machen es uns gemütlich im Auto. Aylée bekommt Schmerzmittel, wenn sie sie braucht. Eine Inkontinenzunterlage hat uns die Tierärztin auch mitgegeben - Narkose-Nachteil: man kann Urin verlieren. Ich lege sie unter Aylée, aber sie bleibt unbenutzt.
Ich streichle meine kleine Hündin sanft und schicke meinen Dank zum Himmel! Als ich am Abend Platz nehme auf der Bank, oben auf dem Deich - mit Aylée auf meinem Schoß; dick in eine Decke eingepackt -, da weiß ich, dass noch wunderbare Tage vor uns liegen...

Ich schaue auf das Meer hinaus, sehe lange auf die Wellen und danke Gott für seine Güte! Möge er uns auch weiterhin gut beschützen!

Abschied nehmen

So wunderbar unsere Reisen auch waren, so gingen sie einmal zuende... Das ist das Leben: Dinge kommen und gehen, sie bereichern unser Leben für eine gewisse Zeit, und dann sind sie wieder verschwunden. Manchmal fällt es leicht, das Abschiednehmen, manchmal eben nicht...

Aylée begleitet mich seit fast eineinhalb Jahren. Ihr schwarzgelocktes Fell (das eigentlich kein Fell ist, weil sie eine Pudeldame ist und Haare hat - ähnlich dem Menschenhaar, ohne Unterwolle) kräuselt sich leicht. Lockig und verspielt sieht sie damit aus, absolut niedlich. Das finden sicher ALLE Frauchen und Herrchen, die ihren Hund lieben. Naja, wohl eher die Frauchen finden ihren Hund „niedlich", Herrchen nennen das meist „drollig". Erfahrungssache.

Aylées Kraft schwindet. Spiele gehören der Vergangenheit an. Ich merke, dass sie nicht mehr so kann, wie sie gerne möchte. Meine Erinnerungen an die ersten Tage mit ihr zeigen einen fröhlichen, flitzenden Hund, der sie trotz eines inoperablen Hängebeinchens war. Auf ihren restlichen drei Beinen flitzte sie taub und fast blind mit einer bewundernswerten Lebensfreude durch ihr Leben, das bei mir nach einer trostlosen Zeit im Tierheim neu begonnen hatte. Alt war sie, als sie zu mir kam, alt und behindert. Aber: die „Chemie" zwischen uns stimmte. Wir mochten uns: leise, fein, in Harmonie. Sie war sensibel, aber auch stur und im Auto ein echter Wachhund. „Mini-Rottweiler" wurde sie von

Fremden genannt, wenn wir auf Reisen waren, weil sie bellend und drohend an der Scheibe klebte, sobald sich jemand unserem Auto näherte. Bei einem fast blinden und tauben Hund wahrhaft bemerkenswert... Große Hunde, Dobermänner, Schäferhunde, Kampfhunde: alle warfen sich ihr zu Füßen, lagen auf dem Rücken, wenn sie in der Nähe war. Den zumeist männlichen Besitzern der großen, stattlichen Tiere war das immer äußerst peinlich, denn das ging ja gar nicht: ihre großen, kräftigen Hunde kuschten vor dem kleinen Hinke-Pudel. Lustig waren diese Momente allemal, und ich lächle noch heute, wenn ich daran denke

Erinnerungen sind das Einzige, das mir bleibt an diese Zeit der Fröhlichkeit...

Ihre Augen schauen traurig, ihr Körper versagt zunehmend den Dienst. Ich habe mir von Anfang an geschworen, ihr nur *so* lange einen schönen Lebensabend zu schenken, wenn sie nicht leiden muss - ohne Aussicht auf Besserung...
Lässt sich ihr Zustand noch bessern? Alle helfen, so gut sie können: medizinisch *geschulte* Menschen, medizinisch *nicht geschulte* Menschen. Die Wärme im Handeln schenkt Mut - über Wochen hinweg. Doch: der Abschied lässt sich nicht aufhalten...

Am Samstag vor dem ersten Advent merke ich, dass ihr nicht mehr zu helfen ist. Ich muss es einsehen, auch, wenn ich es nicht will. Übers Wochenende setzt ein körperlicher Verfall ein, der deutlich ist, mehr als deutlich. Ich nehme

Abschied, streichle sie, bade sie ein letztes Mal, und sie genießt es, geföhnt zu werden. Meine Tränen tränken den erstem Advent, und als mein Freund mich mit auf den Weihnachtsmarkt nimmt, weil ich wirklich dringend mal raus muss aus meinen vier Wänden und von meiner Traurigkeit Pause brauche, um mich zu erholen, da liegt Aylée gut versorgt und gewärmt auf meinem Bett, wohin sie sonst nur selten durfte. Es geht ihr gut - selbst in ihrem Zustand.

Es ist ein Sonntag voller gespaltener Gefühle. Ich genieße die Zeit und Zweisamkeit mit meinem Freund, und ich bin in jeder Minute bei Aylée.

Am Montagmorgen ist es soweit. Ich will den Tierarzt anrufen. Ich kann es nicht. Tränenüberströmt sitze ich vor dem Telefon und kann seine Nummer nicht wählen. Ich kann es einfach nicht! Dieser Anruf bedeutet „Abschied nehmen für immer von meinem kleinen geliebten Hüpfehund"! Während ich weinend und schluchzend den Hörer halte und - mit dem Taschentuch in der Hand - stumm vor dem Telefon verweile, klingelt dieses. Ich erschrecke, gehe ran - verweint. Eine Bekannte ist dran. Sie fragt, wie es meinem Hündchen geht. Und dann geschieht etwas, das mir die Entscheidung fast leicht macht...

Sie erzählt mir, dass ihr vierjähriger Sohn, den Aylée und ich gut kennen, am Abendbrottisch gestern Abend meinte, dass es nun langsam Zeit wäre für Aylée, in den Himmel zu gehen. In genau diesem Moment *weiß* ich, dass er Recht hat! Ich muss es tun, ich muss den Tierarzt anrufen, um ihr diesen letzten Schritt leichter zu machen. Das ist mein letzter Liebesdienst für sie...

Mit trockenem Mund und verweinten Augen habe ich den Mut und wähle Minuten später die Telefonnummer der Tierarztpraxis. Am Abend kann der

Arzt erst kommen, und er wird es auch tun. Das Schicksal hat entschieden; ICH habe entschieden - im Sinne von und FÜR Aylée. Ich bete, dass diese Entscheidung richtig ist!

Dieser letzte Tag gehört UNS ALLEIN. Mein Freund ist früh am Morgen zu sich nach Hause gefahren und verspricht mir, dass er kommen wird, wenn ich ihn am Abend brauche. Den letzten Gang, den will ich allein mit ihr gehen. Ihre letzte Reise muss *sie* allein machen.

Die Stunden rasen dahin... Immer knapper wird die Zeit, die uns bleibt - gemeinsam. Während eine liebe Freundin, die wie eine Mutter für mich geworden ist, für mich kocht, mich begleitet durch einige Stunden an diesem Tag und ihre Liebe uns trägt, den Abend zu schaffen, sehe ich demselben mit Schrecken entgegen.

Ich fahre mit der Kleinen noch einmal an unseren Lieblingsplatz in der Natur, setze mich auf unsere Bank, während sie normalerweise die Wiese unsicher machte und Spuren nachlief, die sie spannend fand. Heute nun liegt sie ausschließlich auf meinem Schoß, kuschelt sich an mich, atmet mit mir gemeinsam ein und aus und schnuppert nur gelegentlich in die Luft, indem sie ihr Näschen in die Höhe reckt und versucht, Gerüche zu erhaschen. Als ich sie daraufhin kurz ansetze - auf die Erde, will sie aber nur wieder hoch zu mir. Keine Kraft! Ich zelebriere diese Momente, nehme sie in mich auf, weil sie endlich sind, so endlich, dass sie mir Angst machen, dass sie mich zittern und beben lassen vor Angst, meinen Liebling hergeben zu müssen. Es ist so schlimm für mich!

Wieder daheim angekommen, bereite ich mit langsamen Bewegungen alles vor. Die Traurigkeit lähmt mich fast, und doch muss Einiges getan werden: eine große Kiste lege ich liebevoll mit einer alten Decke aus, die Aylée liebt. Ich will es nicht später machen; ich will es JETZT tun.

Noch EINE Stunde Zeit. Ich lege mich auf mein Bett und Aylée vorsichtig auf meinen Brustkorb. Dort liegt sie so gern! Während meine Weinkrämpfe mich - und gleichzeitig damit auch sie - durchschütteln, bete ich. Könnte doch nur jemand diesen Schmerz von mir nehmen! Er ist unerträglich. Die Vorstellung, meinen Liebling in knapp einer Stunde nicht mehr bei mir zu haben, sprengt fast mein Herz.

Ich bitte in meiner Verzweiflung Aylée, ja, Aylée um Hilfe: „Bitte, mein Liebling: hilf mir!!". Wie kann ich nur einen sterbenden Hund um Unterstützung bitten? Sie hat ja wahrlich einen schweren Gang vor sich, und sie ist ganz allein dabei. Nein, sie ist nicht allein. Ich bin hier - bei ihr. Sanft streichle ich sie. „Bitte, hilf mir!". Schluchzend wälze ich mich in meinem Schmerz, doch plötzlich und mit einem Male legt sich Frieden auf mich. Ein tiefer Frieden, eine tiefe Ruhe wärmen mich und lassen meine Tränen abrupt versiegen. Ich halte Aylée, liege glücklich lächelnd auf meinem Bett, sie streichelnd und in Erinnerungen versunken. Ich sehe unsere Reise an die See, ihr Springen im Sand, ihr Schnuppern am Deich. Ich sehe unsere Nächte im Auto, unsere Morgen in den Wäldern und unsere ganze Zeit zu zweit! Alles ist gut! Ich weiß es ganz plötzlich.

Als es am Fenster klopft und ich Aylée von meinem Brustkorb hebe, um dem Tierarzt die Tür zu öffnen, kehrt der alte Schmerz wieder, aber er ist nicht mehr so stark. Und als sie ihre letzte Reise antritt – in meinen Armen -, da fühle ich: es wird ihr gut gehen, wo sie jetzt ist! Meine Gedanken und meine Liebe werden sie immer begleiten...!

Und ich atme für sie einen letzten befreienden Atemzug!

Ein kleiner weißer Wuschelhund

Abschied nehmen und neu beginnen - das ist das Leben. Und da jedes Ende einen Anfang bereithält, dem immer ein besonderer Zauber innewohnt, ließ sich dieser Zauber in meinem Leben nieder... - genau am 24. Dezember! Er sollte ein Weihnachtsgeschenk sein, aber nicht nur für mich...

Vor dem Tod meiner geliebten Pudeldame Aylée trauerte ich bereits seit Wochen, weil ich kommen sah, was unausweichlich war. Jetzt, nach ihrem Ableben, nehme ich mir noch genau drei Tage, um **richtig** Abschied zu nehmen. Das ist DIE Zeit, die ich auch brauche, um mich wieder besser zu fühlen. Mein Freund hält Wort und steht mir zur Seite - im schlimmsten Schmerz ist er da, sodass ich mich an seiner Schulter ausweinen kann. So lässt sich der Schmerz besser ertragen und wandelt sich...

Was ich zu diesem Zeitpunkt noch nicht ahne: der Advent wird eine Zeit der Trauer und Umorientierung werden, der Neuorientierung überhaupt...

Viel geschah, viel geschieht. Ich bin neugierig auf das Leben...

Ich sehe mir Hunde an. Keiner kommt in Frage. Vielleicht suche ich zu sehr. Sagt man nicht, dass die Dinge einen FINDEN, wenn man sie wahrhaft ersehnt und wirklich braucht? Oder ist das Quatsch?

Nein, für Quatsch halte ich das nicht. Ich habe das Buch von Hape Kerkeling gelesen: „Ich bin dann mal weg". Seine Reise auf dem Jakobsweg in Spanien hielt *immer* genau DAS bereit, was er in *diesem Moment* - und das ist der Knackpunkt -, was er in **genau diesem Moment** wirklich *brauchte*.

Diese Erfahrung habe ich auch schon oft gemacht - und nicht nur auf Reisen. Es geht nicht um Dinge, die man unbedingt WILL! Es geht um das, was die Seele braucht.

Was braucht meine Seele? Einen Hund!

Ich beschließe: Weihnachten habe ich wieder einen Hund! Aber: es soll nicht irgendein Hund sein. Er soll in mein Leben passen, sich bei mir wohl fühlen und mit mir klarkommen. Alles soll passen: mit ihm spielen will ich, mit ihm laufen, Auto fahren, reisen können. Nicht, dass ihm im Auto schlecht wird und ich meine geliebten langen Reisen im Sommer einstellen müsste. Na, und damit er in mein kleines Auto passt neben Matratze und Gepäck, darf er auch nicht zu groß sein. Sicher... - es steht noch in den Sternen, OB ich überhaupt wieder reisen will und werde, aber ich denke halt darüber nach, damit es dann auch passt!

Meine Welt dreht sich langsam. Traurige Tage - mehr als gedacht.
Abschied in vielerlei Hinsicht - das ist meine Adventszeit. Ich lasse los, was losgelassen werden will...

Wir haben kurz vor Weihnachten. Es ist kein Hund in Sicht. Ich wage anzuzweifeln, dass dies bis zum 24.12. überhaupt noch möglich ist. Da kommt der Anruf von einer Bekannten, die mich fragt: „Wie wär`s mit einem „Weihnachtshund auf Probe" ?". Ich lache. Wie geht das? Etwas schwingt mit in ihrer Stimme... Was sagt sie nicht? Was will sie nicht sagen? Ich fühle: sie glaubt, einen passenden Hund für mich gefunden zu haben. Auf ihre weibliche Intuition kann man sich verlassen... - das weiß ich! Ob ich ihn nicht doch vielleicht anschauen will? Ja, ich will!

Einige Tage später - genau drei Tage vor Weihnachten - gehe ich zu dieser Haustür, hinter der sich der Kleine laut bellend bemerkbar macht. Man hat mich schon gewarnt. „Er schlägt laut an! Ist echt heftig!" sagen sie. Nein, finde ich nicht. Ist nur wachsam! So schlimm, wie sie meinen, kommt es mir nicht vor.
Die Türe öffnet sich. Eine Frau begrüßt mich mit kräftigem Handschlag. Der kleine, weiße Hund wuselt um meine Beine; für mich ist er jetzt schon ein kleiner „Wuselhund". Betteln um Aufmerksamkeit. Dick ist er. Futter bekommt er anscheinend genug, aber keiner hat Zeit, sich mit ihm ausreichend zu beschäftigen. Eines ist klar: sollte er in *meine* Obhut kommen, wird er erst einmal auf Diät gesetzt und viel bewegt! Man sieht eindeutig: ihm tut es gar nicht gut, dass er so dick ist!
Ich gehe mit einem Familienmitglied und dem Hund spazieren. Der Kleine weiß nicht, dass es am „anderen Ende der Leine" einen Menschen gibt, nach dem er schauen und an dem er sich orientieren sollte. Er läuft seine Runde, tippelt: ein kleiner weißer Hund namens Benji.

Die Leute haben den Kleinen lieb, sehr lieb, können ihm aber nicht gerecht werden, nicht so, wie sie wollen. Ob ich ihn nicht übernehmen möchte, und das bitte noch vor Weihnachten? Ihr Urlaub steht an und viel Arbeit im neuen Jahr... Ich ahne, wieso meine Freundin diese Idee hatte. ICH habe Zeit, Möglichkeiten und Raum, mich mit dem Kleinen viel intensiver abzugeben... Ich wünsche mir ja auch wieder einen Hund... Tatsächlich also ein „Weihnachtshund auf Probe"?

Eine Nacht will ich darüber schlafen, denke und sage ich. Wichtige Entscheidungen wie diese treffe ich nie am gleichen Tag. Und ich finde: das hier ist eine wichtige Entscheidung! Da brauche ich eine Nacht Schlaf, bete am Abend um die richtige Entscheidung, um das Wissen, was zu tun ist. Das funktioniert. Kann mich darauf verlassen. Ich bete, und am Morgen danach weiß ich ganz genau, was richtig für mich ist oder eben nicht. Das ist mein ganz spezieller Draht „nach oben" - einer von vielen.

Donnerstag Morgen...
Ja, es fühlt sich richtig an! Ich werde den Kleinen zu mir nehmen.

Freitag vor Heiligabend...
Ich liege mit einer Magen-Darm-Grippe im Bett. Keine Chance, den Kleinen abzuholen. Der Mann einer Freundin kommt vorbei: er überreicht mir schon jetzt ein Geschenk. „Es ist doch noch gar nicht Weihnachten!" sage ich, aber ich freue mich. „Schönen Gruß soll ich sagen; das Buch ist zum Langeweile-

Vertreiben.“. Ich lächle dankbar. Mein Freundin und ihr Mann sind echt prima! Ich öffne das Geschenk. Ein Buch erscheint, und der Titel bringt mich trotz meiner Übelkeit und Bauchschmerzen zum Lachen: "Ein Weihnachtshund auf Probe“ - eine wunderbare Lektüre, die mich immer wieder zum Schmunzeln bringt - schon auf der ersten Seite köstlich zu lesen...

An Heiligabend liege ich immer noch im Bett. Die Bekannte, die mich an den Hund „vermittelte“, schlägt vor, dass sie Benji abholt. „Gerne!“ sage ich und betrachte es als ihr ganz persönliches, von Herzen kommendes Weihnachtsgeschenk, denn ich weiß, dass ein Hund in meinem Haus mir gut tun wird - nach Aylées Tod ist es irgendwie seltsam leer hier geworden...

16.30 Uhr am Heiligen Abend...

Ein kleiner weißer Wusel- und Wuschelhund betritt „mein Revier“. Er nimmt mich kaum wahr. Erst, als wir allein sind, nimmt er mich zur Kenntnis. Ich weiß von seiner Familie, dass er trotz seiner lieben Art ein sehr dominanter Hund sein kann. Und es bestätigt sich, dass er sofort versucht, seinen Willen durchzusetzen. Er sitzt im Türrahmen, knurrt mich an. „Hey, ich will Aufmerksamkeit!“. Ich ignoriere ihn, schaue ihm nicht in die Augen und laufe „durch ihn durch“, sodass er weichen muss. Das ist Hundeerziehung - auch am Heiligen Abend.

Mein Bauch schmerzt. Mir ist immer noch sehr schlecht. Außer einer Haferschleimsuppe habe ich heute nichts weiter in den Magen bekommen. Ich fühle mich elend! Doch da muss ich jetzt durch! Bangemachen gilt nicht. Als er sich auf den Rücken wirft und mir seinen Bauch zeigt, „ergibt er sich". Ich *streichle* sein Bäuchlein. Der erste Schritt ist getan...

Der Heiligabend klingt später wunderbar aus: wir sind vier Menschen und zwei Hunde - Reis und Wasser, kein Festmahl für mich, aber liebe Gesellschaft und mein größtes Geschenk an meiner Seite: ein neuer Hund auf Probe...

Meinen Dank nach oben zum Himmel richtend, genieße ich, den kleinen Benji bei mir zu haben: vierbeinige Gesellschaft, die fröhlich und freudig das Leben begrüßt! Der kleine aufgeweckte Hund tut mir unendlich gut...!

Vier Wochen später...

Mir scheint, Benji ist hier - bei mir daheim - wirklich angekommen. Eine Zeit voller Arbeit und Erziehung, voller Ruhezeit und gemeinsamer Unternehmungen liegt hinter uns. Es ist schon bemerkenswert, dass man als Mensch auch viel lernt in einem solch` gemeinsamen Prozess.
Neben meinem Tor steht ein Schild: „Hier wache ich! Betreten auf eigene Gefahr!", und daneben klebt - momentan irgendwie unpassend - ein Schäferhundbild. Dieser Hinweis aber ist bei dem Kleinen wichtig, denn dieser kleine Wuschelhund hat sich neben seiner Eigenschaft als Kuschelhund, der er

definitiv ist, auch als kleiner „Knöchelbeißer", sprich: Fersenzwicker, geoutet. Nein, es ist nichts passiert bisher, aber dabei soll es auch bleiben! Und das Schäferhundbild sollte keinen verleiten, den kleinen Steppke nicht ernst zu nehmen... „Oh, schau mal, wie süß!". Das höre ich öfter. Süß ja, wachsam aber auch!

Das Fersenzwicken bei Fremden, wenn wir unterwegs sind, habe ich ihm schon unschmackhaft gemacht... In meiner rechten Jackentasche führe ich immer eine Spülmittelflasche mit Wasser bei mir, in der linken Jackentasche jedoch befinden sich Leckerlis. Diese Ausstattung ist sehr effektiv! Wenn es dann mal dazu kommt, dass er meint, er müsste Leuten ans Bein oder an den Fuß springen, gibt es - schon im ersten Ansatz seiner gezielten Bewegung – einen „mahnenden Wasserstrahl" - gepaart mit einem entschiedenen „Nein!". Leckerlis fürs Hören, fürs Kommen, fürs Brav-Vorbei-Gehen oder auch fürs Lieb-Begrüßen. Das haben wir - bisher zumindest - gut hinbekommen; bin mächtig stolz auf uns beide!

Benji lernt wirklich schnell und ist fröhlich. Im Baumarkt und im Tierfuttermarkt springt er mittlerweile an der Leine umher, als hätte er noch nie etwas anderes gemacht. Noch vor drei Wochen, bei der ersten „Baumarktbegehung", war er ängstlich und unsicher. Mich hat er vor lauter Aufregung gar nicht mehr wahrgenommen. Und nun - nach langem Üben - ist alles anders. Ich habe ihm gezeigt, dass ich ein Mensch am anderen Ende der Leine bin, dem er vertrauen kann, der aber auch den Weg vorgibt. Er fühlt sich wohl; ich fühle mich wohl.

Begegnungen mit Katzen sind auch immer sehr spannend: er will mit ihnen spielen. Das sehen die Katzen aber leider anders. Und wenn er dann ganz besonders der schwarzen Katze aus dem Nachbarhaus gerne näher kommen möchte und sein Schwänzchen wedelt vor Freude und Spannung, da macht sie einen Buckel und faucht. Jedoch muss ich zu seiner Verteidigung sagen: das Kätzchen läuft uns - zur Begegnung auffordernd - immer hinterher, so, wie sie es bei Mitgliedern ihrer Familie auch macht. Da geht sie - so außergewöhnlich es klingt - mit ihrem Frauchen und dem Familienhund spazieren; ist immer mit dabei. Wenn sie sich dann wie ein kleiner Panther an Benji heranpirscht und er natürlich daraufhin mit ihr spielen will, kann ich ihm das nicht verdenken. Jedoch würde ich ihm die Erfahrung von scharfen Katzenkrallen gern ersparen, denn meine Schäferhündin hatte in jungen Jahren damit Bekanntschaft gemacht und sich nie wieder an Katzen herangewagt. Deswegen „flüchte" ich immer regelrecht mit ihm, wenn sich der schwarze Panther von nebenan die Ehre gibt, uns zu „jagen"...

Kleine Begebenheiten tragen auch manchmal zu meiner Belustigung bei - zugegebenermaßen auf seine Kosten: so hat sich Benji letztens eines Nachts meine alte Fleecejacke geholt und später im Halbschlaf beim Hineinkuscheln seinen Kopf aus Versehen in den Ärmel geschoben. Da steckte er nun fest, sah nichts mehr und kam nicht mehr heraus... Bellend weckte er mich, und als ich sah, was er gemacht hatte, lachte ich schallend und befreite ihn. Die alte Jacke, die meinen Geruch an sich trug und den er wohl brauchte, um sich wohl zu fühlen, habe ich ihm überlassen. Seitdem sind Knoten in den Ärmeln, damit er nicht noch einmal in Schwierigkeiten kommt...

Was soll ich sagen? Wir beide verstehen uns prima. Mein Weihnachtswunsch ist in Erfüllung gegangen! Ich habe einen kleinen weißen Wuschelhund an meiner Seite, der die Welt mit mir gemeinsam entdeckt. Jeden Tag gibt es Neues kennenzulernen, und er macht es wirklich gut!

Hat meine Seele ihn „herbeigewünscht"? Mein „Weihnachtshund auf Probe" - ich will ihn behalten, will ihn an meiner Seite wissen, denn: wir passen wirklich gut zueinander. Mit ihm könnte ich meine geliebten Reisen im Sommer durchaus machen! Er ist genau so, wie ich ihn ersehnte! Er ist klein, und Auto fahren liebt er über alles. Ich würde mir wünschen, dass diese Reisen auch ihm eine Welt erschließen, die voller Freude, Abenteuer und Liebe ist!

Ich sage: mit mir gemeinsam kann er es wagen...!

Meine Liebe zu meinen Hunden hat mich stets bereichert!

Sie ist unverwüstlich, stark und ehrlich!

Und ihre Liebe für mich ist genauso...

Sie haben mein Herz gewonnen und halten es fest in ihren Pfoten.

Ich wünsche mir noch viele schöne Stunden, Tage, Wochen,

Monate, Jahre, nein, Jahrzehnte mit ihnen:

den vierbeinigen, treuen Gefährten,

die mich lächeln lassen in jeder Minute meines Seins.

Danke, dass es EUCH gibt!